Avertissement : les textes entre guillemets sont de Robert Doisneau, les autres de Claude Villers.

Les citations de chansons sont extraites de :
« La Foule », musique d'Antonio Cabral, paroles françaises de Michel Rivegauche (Éditions Métropolitaines, 1957),
« Bal, petit bal », paroles et musiques de Francis Lemarque (Éditions Méridian, 1950),
« La Fête continue », paroles et musiques de Michel Emer (Éditions Arpèges, 1950).

Numéro d'éditeur : 506 • ISBN : 2-258-05779-5 • Achevé d'imprimer sur les presses de MAME Imprimeurs à Tours
Flashage numérique CTP

Doisneau Robert

Villers Claude

Tous les jours dimanche

ÉDITIONS HORS COLLECTION

« *Une moisson de souvenirs que j'emporte avec moi, et que j'essaie de traduire en faisant des petites images ridicules.* »

Robert Doisneau

Claude Villers et Robert Doisneau, juin 1992 © Louis Monier/Gamma.

Il paraît que seuls les fous rêvent en couleur.

Tous les autres en noir et blanc.

Les photos de Robert Doisneau appartiennent à mes rêves, mais pourtant dans ces fameux clichés en noir et blanc, il m'arrive d'y reconnaître un personnage, une scène, un coin de rue débordant de couleurs.

Alors ?

Alors, je dois être un peu fou, ou simplement son « noir + blanc » à lui, ne donne pas du gris, mais des teintes plus étranges.

Le gris, le grisâtre, la grisaille cela évoque le triste, l'uniforme et l'uniformité. Or, les photos de Doisneau, si elles nous touchent, nous émeuvent toujours, ne flattent jamais la peine et le chagrin. Et même quand les ruines de l'après-guerre se dessinent encore en arrière-plan, elles amènent toujours un sourire ou un clin d'œil.

Doisneau savait-il seulement pleurer ? Peut-être, mais en secret. Pas pour ou sur lui-même.

En tout cas, il ne faisait pas pleurer les autres. Même sur leur propre sort. Non par égoïsme, aveuglement ou indifférence, mais par pudeur et par tendresse. Je l'ai connu en 1992, presque à la fin de sa vie. Il avait plus de quatre-vingts ans. Et le vieux monsieur gardait dans son regard cette même malice, cette même innocence, qu'il possédait déjà à l'aube de sa longue carrière d'enchanteur.

Durant des années il avait parcouru, en long et en large, ce Paris qu'il aimait tant et tant photographier.

Un Paris presque disparu lorsque, pour France-Inter, je lui avais proposé cette promenade dans ses images de la capitale. S'il se souvenait fort bien de ses itinéraires d'infatigable piéton, ceux-ci ne prêtaient aucunement à la nostalgie, aux pleurnicheries sur sa jeunesse ou sur les lieux enfouis sous ses souvenirs. Même si le décor avait évolué ou radicalement changé, ses commentaires ne se chargeaient point de lamentations sur le temps passé et le sempiternel couplet : « Ah ! C'était mieux avant. »

Pour lui, que l'on aurait cru conservateur, fixateur de la mémoire d'une époque (et donc de la sienne), une grande cité, *a fortiori* une capitale, se devait de se transformer, de muer, de muter.

Lors de notre errance dans une ville devenue totalement différente de celle qu'il avait immortalisée, je ne l'ai jamais entendu geindre sur le bloc de béton remplaçant atrocement un bâtiment autrefois adoré. Seul un bref plissement de paupière marquait son étonnement, vite supplanté par un petit rire rapide et discret. Qu'importe, il lui restait encore la possibilité de s'en amuser, d'en jouer. D'une réflexion bien ajustée, d'une pirouette verbale, il savait vite masquer sa déception ou sa déconvenue.

Pour un « bougnat » effacé du paysage, il pouvait retrouver dix bistrots d'à présent. Et il montrait la même curiosité pour les lieux et les gens d'aujourd'hui. Car ce qui l'intéressait avant, tout plus qu'un tas de pierres, un bec de gaz ou une boutique à l'ancienne, c'étaient surtout ceux qui les habi-taient. Tout un petit peuple qui y vivait.

Bien avant que les technocrates et les théoriciens du politiquement correct n'inventent les « vrais gens », Robert Doisneau collectionnait déjà les rencontres avec ceux que l'on baptise des figures « caractéristiques », « typiques ». Des « trognes » inconnues d'« indigènes », d'« autochtones » de ce « Paris populi » chanté par les poètes.

Lui, ne recherchait pas le pittoresque à tout prix mais – quitte à une légère mise en scène – simplement l'harmonie des hommes (ou des femmes) avec ce qui les entoure.

Même en 1992, sa gourmandise à utiliser les deux Leica qui ne quittaient jamais son cou prouvait, s'il le fallait, qu'il savait encore découvrir l'instant magique.

Pour moi, comme pour beaucoup de ma génération, une photo de Doisneau reste synonyme des années quarante, cinquante et début soixante.

Des images de ma jeunesse bien sûr, mais surtout d'une période qui paraît incroyablement simple à déchiffrer. Pour ne pas dire simpliste. Après les abominations nazies et les folies guerrières, tout semblait redevenir comme « avant ». Les mêmes scènes de la vie quotidienne telles que nous les racontaient nos parents, telles que nous les montraient les vieux journaux.

Je regarde autour de moi et ce que je vois me laisse croire que mon enfance, effectivement, n'est que le reflet de l'adolescence de mes parents, comme si la décennie écoulée n'était qu'une période entre parenthèses, vite refermée. Tant d'horreurs à oublier, dans les flonflons de la fête retrouvée...

Ça chante, ça danse à chaque coin de rue, un rien nous fait prétexte pour rire et s'amuser.

Le plaisir de s'étourdir, de ne plus (rien ?) penser, de se laisser emporter par « la foule qui s'élance et qui danse/Une folle farandole... » Comme si c'était tous les jours dimanche.

CLAUDE VILLERS

1950. J'ai six ans.

Dans la rue, il y a toujours plus de vélos que d'autos. Quelques taxis Renault rouge grenat et bas de caisse noir, avec marchepied et longs capots, le compteur à l'extérieur. Surgit une « traction » Citroën noire. Une onze ? Une quinze ? On m'a appris le truc pour les distinguer d'après la forme du coffre, la position de la roue de secours, mais je ne sais plus. J'oublie. Ce qui m'intéresse vraiment c'est « Police ou gangster ? » car, j'en suis persuadé, le propriétaire ne peut évidemment appartenir qu'à l'un de ces groupes. Jusqu'au jour où j'aperçois mon instituteur quitter l'école de la rue Saint-Lambert au volant « d'une, avec des pneus à flancs jaunes ! » Le « maître » aussi terne que ses blouses grises mènerait-il une double vie ? Faudra que j'enquête.

En attendant, le soir si j'ai fini mes devoirs et appris mes leçons, pendant que ma mère prépare le dîner dans la cuisine, j'ai le droit d'écouter des disques sur le « pick-up » de la salle à manger. Un Philips branché sur le gros poste de radio à œil magique (pour régler précisément l'écoute des stations aux noms exotiques inscrites sur le verre dépoli du cadran. C'est où Sottens ? Ça m'intrigue, vu que nous c'est toujours sur Radio Luxembourg !).

Au fond de la mallette en carton du « tourne-disque » j'ai collé une photo d'Édith Piaf les bras tendus (comme un Christ en croix !) découpée dans un journal. Et j'aime beaucoup Piaf car elle chante souvent ma passion du moment, la fête, la fête foraine.

D'ailleurs en cette année mil neuf cent cinquante un refrain est sur toutes les lèvres :

« La fête bat son plein,
Musiques et manèges,
Nougats, carabines, voyantes, femmes nues
Chansons, balançoires,
Du matin au soir
La fête continue... »

(© Michel Emer-1950)

« C'était un petit manège de vélos, avec les carters en cuivre et les filles qui pédalaient, les pauvres nénettes, leur jupe en l'air, avec autour du cou des trucs qui flottaient. Ma pauvre cocotte, demain tu vas retourner à l'usine, mais pour le moment elles riaient comme des folles ! C'était sympathique. »

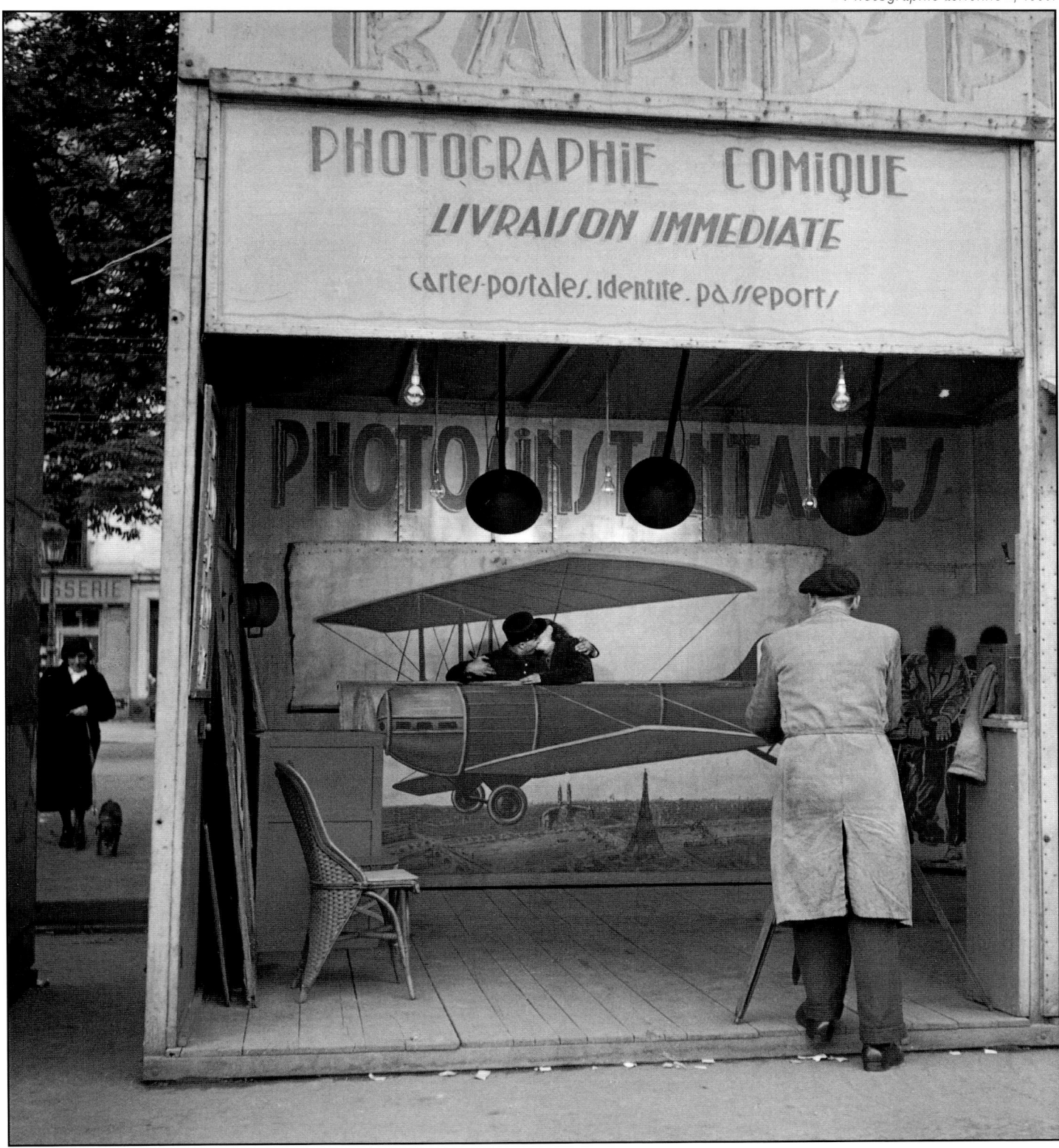

Fête foraine du Lion de Belfort, Paris, 1953.

« *Le casse-pipe* », 1953.

Au tir, un militaire éblouit ses copains et repart avec un gigantesque ours en peluche rose qu'il change de bras pour libérer sa main droite et saluer un gradé à l'air indifférent. Lui, il semble plutôt attiré par la rampe en ferraille d'un « testeur » de force où un « civil » vient de lancer un wagon qui stoppe juste avant la cible déclenchant la sonnerie convoitée. Symbole de virilité. Un adolescent boutonneux offre une « pomme d'amour » à une fillette de quatorze ans. Une vieille ! Moi je préfère la barbe à papa qu'un forain enveloppe sur un bâton douteux. Ma marraine, à la foire du Trône, place de la Nation, m'offre toujours un cochon en pain d'épice avant de commencer la déambulation sur le cours de Vincennes entre les athlètes en maillot qui soulèvent des poids de cent kilos et les roulottes des diseuses de bonne aventure, les motos de la mort, le rotor, la collection d'animaux sauvages du professeur Lambert « retour d'Afrique », le marchand de crêpes et de gaufres chantilly ou l'avaleur de sabres et le cracheur de feu.

« J'aime les fêtes foraines parce que j'aime bien l'improvisation, la comedia dell'arte. C'est pour cette raison que j'étais un bon client de la ménagerie Wagner, "Monsieur le professeur Lambert capturant les fauves dans la forêt équatoriale avec des filets d'acier d'un poids total de 500 kilogrammes !" Il était habillé en explorateur. J'allais le voir et j'aimais bien parler avec lui. Il y avait le beau Jackson, avec des pistolets en nacre, magnifique, tout habillé de rouge. Au bout de trois ou quatre fois, on était devenu copains et je leur avais donné des photos. Un jour, Jackson m'a dit : "Vous allez entrer dans la cage avec moi." Je suis entré dans la cage.

— Ce n'est pas difficile, m'avait-il dit. Il ne faut pas transpirer. Parce que quand les bêtes sentent que tu transpires, elles savent que tu as peur, et à ce moment-là elles peuvent devenir mauvaises. Alors que si tu ne transpires pas, elles vont te laisser tranquille.

Mais arrêter la sueur, on n'a pas tellement l'habitude de faire ça ! Enfin, j'ai probablement été convenable... »

Monsieur Wagner, mai 1950.

Famille Wagner, mai 1950.

« J'aimais beaucoup le Théâtre des puces savantes. La mère faisait son baratin. On m'avait donné une loupe pour voir les attelées avec des petits fils. C'était très bien fait. Le baratin était très joli : "Voici le petit Marcel qui tire, allons, t'arrête pas ! La petite nénette est là mais tu dois pas sauter dessus !" Il y avait toujours un petit sous-entendu, bien sûr. Elles tiraient des canons, et le dernier truc, c'étaient trois puces qui tiraient un corbillard... l'enterrement de la puce ! Je me souviens que sur leur roulotte, il y avait une pancarte : "On achète des puces. Pas celles d'animaux !" »

Théâtre de puces, avril 1950.

Je vais à la fête de Pasteur, sous le métro aérien, d'où je rapporte des poissons rouges qui crèvent – malgré mes soins – en deux jours. Ou avec la tante Marie-Louise qui habite rue Houdon à la fête à Pigalle qui s'étend d'Anvers à Clichy. Avec elle, je sais que, malgré l'interdiction parentale, je pourrai monter dans les autos tamponneuses. J'admire (et j'envie) le gars qui ramasse les jetons en sautant d'une voiture à l'autre en s'accrochant aux perches électriques (il n'existe pas encore de monnayeur).

Rien de sophistiqué dans cette fête.

Ce qui fait le plus peur c'est le train fantôme où un type dans le noir vous passe la main dans les cheveux.

Devant la grande balançoire en forme de grosse barque, les voyeurs attendent que le mouvement ou le vent relève les jupes des filles se retroussant sur leurs cuisses gainées de soie, plus haut que l'attache du porte-jarretelles. Peut-être jusqu'à l'amorce d'une petite culotte si elles ne rabattent pas très vite leurs robes dans un rire tonitruant.

Ci-contre : Le train fantôme, 1953.

« J'ai pas mal fréquenté la guinguette Chez Gégène, sur les quais de la Marne. Pour mes quatre-vingts ans, mes amis m'y ont offert une soirée, parce qu'ils savaient que ça me rappelait beaucoup de choses. Les mariages du samedi, par exemple... C'étaient des mariages en autocar. Les gens soufflaient dans des mirlitons depuis Paris jusqu'à Joinville, et quand ils arrivaient ils étaient déjà pas mal en forme. La mariée elle-même était parfois légèrement fripée. »

Les pédalos « Gégène », 1947.

Chez Gégène, 1945.

Mariage à Nogent.

« Immanquablement, on organisait la danse du tapis. On pose un tapis devant la jeune fille qu'on veut embrasser. À son tour, elle prend le tapis et va le poser au pied d'un jeune homme, et ainsi de suite... Comme il y avait six ou sept noces en même temps, on ne savait plus qui était avec qui. On faisait la bise à toutes les demoiselles d'honneur de tous les bals. Je ne sais pas, en poussant l'absurde jusqu'au bout, si le marié partait vraiment le soir avec l'épouse qui lui avait été donnée par monsieur le maire. Enfin... je pense que j'exagère légèrement... »

« J'ai fait la connaissance d'une très jolie femme qui s'appelait Pierrette d'Orient.
On était à Mouffetard lorsque j'entends une voix qui demande :

— Est-ce qu'on peut chanter, patron ?

— Oui, si vous voulez.

Dès que je vois la chanteuse, la séduction joue tout de suite. Elle était un peu
méprisante, dominant son auditoire de rabougris. Elle chantait : "Tu ne peux pas
te figurer comme je t'aime, c'est si doux d'être câliné." Quand elle eut terminé sa
chanson, j'ai été la voir et lui ai demandé :

— Est-ce que cela vous ennuie si je fais une photo de vous ?

— Non.

J'ai mis discrètement un peu d'argent dans la soucoupe, ça a dû lui plaire. La
meilleure photo que j'aie fait d'elle, c'est ce jour-là. Après, on l'a suivie aux Halles,
il y avait les bouchers de La Villette, des bouchers, des tueurs, pleins de sang, qui
pleuraient quand elle chantait : "Tu ne peux pas te figurer comme je t'aime..." Elle
était formidablement belle. »

« *Les Bouchers mélomanes* »,
Pierrette d'Orient, La Villette, 1953.

Ci-contre : l'accordéoniste du Kremlin-Bicêtre, 1932.

« Les petits formats », 1944.

« Au coin des rues, sur un bout de trottoir, des chorales spontanées se formaient avec une jolie naïveté, une candeur extraordinaire. Les gens achetaient les "petits formats", des partitions avec les paroles, ils reprenaient en chœur le refrain. Vous vous imaginez cela aujourd'hui, dans le trafic des rues ?

Ce n'était pas de la grande poésie, mais les gens lisaient les paroles. J'ai photographié cette chanteuse au porte-voix de carton, avec pour tout orchestre un banjo et un accordéon, plus un jeune homme qui faisait la quête devant les gens en cercle. L'accordéon faisait aussi grosse caisse, avec une pédale qui marquait les temps. C'était l'époque de Piaf, de "Y'a pas de printemps" : "Y'a plus de printemps dans ma vie/Je ne crois plus au 14 juillet", et ça marchait à fond. Elle chantait comme les bouquetières des coins de rue font des bouquets, sans jamais avoir appris. »

Lil' Lian, chanteuse de rue, 1944.

Léo Noël, 1947.

Parade Jazz men, Paris, 1945.

À **même** l'asphalte, encore mouillé de la dernière averse, des banquistes rivalisent d'adresse. Le « plus que quelques francs et mon camarade commence à briser ses chaînes... » est couvert par la musique et les voix des vendeurs de « petits formats ». Et la foule reprend en chœur : « La fête continue... »

Banquiste, place de la Bastille 1945.

Bien que ce soit comme un dimanche, ça ne me gêne pas de me lever tôt le matin du 14 juillet. S'agit d'être pas trop mal placé derrière les barrières des Champs-Élysées pour bien voir le défilé. Si on arrive un peu tard il faut que mon père me prenne sur ses épaules. J'ose pas lui dire que c'est ce que je préfère.

Aux accents de Sambre et Meuse se mêlent les odeurs de sa brillantine (Roja bien sûr : « la meilleure, la plus fine » comme le chante la « réclame »), et les effluves de sa « Boyard maïs » accrochée en permanence à ses lèvres.

À la fin, après que les pas des chevaux de la garde républicaine deviennent plus fort que les notes de la musique, on commence à de dégager de la foule et on se réfugie vite fait à l'ombre d'un zinc de comptoir même si mon vieux ne se sent pas très à l'aise dans les cafés de ce quartier huppé. D'ailleurs, la Seine traversée (à pied), on va pouvoir prolonger les escales-apéritifs (menthe à l'eau ou grenadine pour le môme – quand même !). Mes parents vont encore s'engueuler pendant tout le déjeuner, dès les œufs sauce blanche... L'après-midi après avoir écouté les résultats du tiercé à la radio – on retournera au bal vers cinq heures. Là, ils se rabibocheront au son d'un tango et moi j'attendrai qu'un type, en attraction, apporte sa cithare pour jouer l'air du *Troisième Homme*. Le film à succès de 1949. Après il faudra rentrer. Malgré mon opposition bruyante : « ... mais, c'est la fête ! » – « Et alors ? Demain il y a école... »

47

Ci-contre : Course à la valise, Athis-Amons, 1945.

14 juillet, rue des Canettes, 1949.

14 juillet, rue des Canettes, 1949.

1957 – Le grand succès de l'époque est « La Foule », de Piaf, sur des paroles de Michel Rivegauche.

« Je revois la ville en fête et en délire,
Suffocant sous le soleil et sous la joie,
Et j'entends dans la musique les cris, les rires
Qui éclatent et rebondissent autour de moi. »

Double page précédente : 14 juillet, Paris X^e, rue Robert-Blache, 1951.

Les petites filles en calots à pompon, vestes bleues et jupettes blanches marchent le long des trottoirs en tendant la boîte de conserve sans couvercle qui leur sert de sébile. Le bruit des grosses pièces blanches de 5 F (anciens) tombant des balcons — enveloppées dans du papier journal pour ne pas rebondir sur le bitume — ne couvre pas les accents de la fanfare du quartier. Loin de là ! Les musiciens jouent en marchant au milieu de la rue. Un flic à vélo roule lentement devant. Un autre, à l'arrière d'une foule portant des lampions de papier au bout de longs et fins bâtons, avance à pied tenant le guidon de son destrier de fer.

Ainsi débute alors, la veille du 14 juillet, la cérémonie de la fête nationale.
Retraite aux flambeaux, feux d'artifice, (plus près de l'illusion, vu les restrictions encore en vigueur à l'époque, que les féeries d'aujourd'hui !) bals à tous les carrefours. Parfois il y a bien un accordéoniste, voire un orchestre mais le plus souvent, un pauvre phono posé sur une chaise à la terrasse d'un bistrot.

Ci-contre : « Une épaule rue de Nantes », 1958.

14 juillet, rue des Canettes, 1949.

« Place d'Italie, j'avais un copain qui jouait de la batterie, dans un bistrot où il y avait le mot "bleu". Tout était peint en bleu... Il était très jeune mais il avait déjà les tics du vieux musicien de brasserie, un côté extrêmement fatigué. C'est son père qui avait dû le placer là. J'allais le voir parfois parce que, moi qui vous cause, je jouais du violon... Et mon grand succès, accompagné par ce batteur – un de mes frères jouait du banjo –, c'était "Oh Nini, ma Ninette" ! »

14 juillet, rue Saint-Louis-en-l'Île, 1959.

Avec les parents, les soirs de
14 juillet, après le feu d'artifice, on s'arrête à la terrasse de l'un de ces cafés où un petit orchestre fait
danser des couples d'habitués. Parfois, mon père et ma
mère me laissent seul, assis devant ma grenadine, et
s'enlacent pour une « valse à l'envers ».

Ci-contre : Alain Astier, 1957.

Bal les Escarpes à la Contrescape, Paris, 1950.

Je les regarde, ils sont beaux... Et je me dis en soupirant que moi, je ne serai jamais vieux, hélas, avant très longtemps. Mais dans un coin un petit bonhomme déclenche son Rolleiflex pour immortaliser ces jeunes années, jonglant avec la lumière comme d'autres avec les mots.

Un Doisneau en habits de fête, ceux qui lui vont le mieux.

Ci-contre : 14 juillet, rue des Canettes, 1949.

Août 1950.

Je me souviens de la rengaine (ce n'est pas péjoratif, loin de là), de Francis Lemarque « Bal, petit bal », en 1950 :

« Bleus ou bien verts,
Tes yeux lumineux
Sont si clairs
Qu'ils m'ont mis la tête
À l'envers
Sur un air de fête... »

Ci-contre : Saint-Germain-des-Prés, 1951.

Double page précédente :
La Boule rouge, Paris XIᵉ, 1951.

« À la Bastille, au Petit balcon, on
dansait la java-vache. L'homme
— un danseur professionnel, en
fait — jetait la fille par terre et
lui filait un coup de pied. C'est
la façon dont, paraît-il, on
traitait les femmes dans un
certain milieu, vers 1900-1910.
Et quand les autocars de
touristes se succédaient, le
type jetait la danseuse quinze
fois par terre dans la soirée ;
elle roulait dans la sciure, la
pauvre ! Aux touristes, le cornac
disait : "Si vous restez groupés,
il ne vous arrivera rien !" Et tout
ce monde-là se blottissait
autour de leurs verres de
mousseux... J'ai fait des bonnes
photos de ce bal. »

Ci-contre : « Le petit balcon », 1953.

Audition du Concert Mayol, 1953.

68

« Au Concert Mayol, il y avait matinée tous les jours. Les deux premiers rangs étaient garnis des mêmes habitués... Non pas des voyeurs, plutôt des amateurs. Les jeunes filles montraient leur poitrine, les types étaient contents, ils étaient en famille. À l'entracte, elles venaient prendre un café avec eux, un bock ou autre chose, et ils rentraient chez eux tout contents. Il y avait quelque chose de très familial... Disons qu'il y avait un contact. »

Concert Mayol, 1952.

Quand s'arrête le roulement de tambour, l'aboyeur voisin hurle : « Avec qui voulez-vous lutter... l'étrangleur de Hambourg, le voyou de Montmartre ou l'égorgeur du Cambodge ? Lutte, catch, boxe, pancrace, vous choisissez. »
Sur l'estrade les biceps se tendent, les muscles saillent. Derrière, le rideau s'ouvre sur un ring. Dans la foule, devant les planches, des mains se lèvent. Le bonimenteur choisit un curé timide et lui lance une chaussette emplie de sable : « Vous l'abbé... » et l'invite à le rejoindre. « 15 000 F si vous gagnez... je suis sûr que c'est pour une bonne œuvre ? » Évidemment. Tu parles... À côté, la baraque du strip-tease présente la parade des femmes qui tout à l'heure, à l'intérieur, dévoileront leur cache-sexe en strass et un bout de sein à l'aréole couverte d'une étoile en papier.

« C'est à Denfert que j'ai photographié la "trépidante Wanda", dit Robert Doisneau. Une merveilleuse danseuse que j'ai retrouvée, depuis. Elle tient un manège dans un supermarché. »

« Trépidante Wanda », place Denfert-Rochereau, 1953.

L'été, on pousse jusqu'au bois de Boulogne en traversant la Seine par le viaduc d'Auteuil là où, la veille du 14 juillet, on assiste au feu d'artifice. Il y a des couples d'amoureux qui se bécotent et se caressent timidement, en jetant des coups d'œil rapides pour s'assurer qu'on ne les épie pas, avant de clore les paupières sur leur plaisir grandissant. Et d'autres, invariablement, qui se disputent, s'expliquent et se rabibochent. « C'était qui, cette fille ? »

La « place publique » n'est pas encore encombrée, défigurée par l'anarchie automobile toute puissante, mais au contraire souvent parée des couleurs de la fête. Toiles peintes des baraques de kermesse, chapiteaux pointus des cirques, quelques chaises autour d'un semblant de piste orné d'agrès. Un rond de sciure encombré de tabourets, de cerceaux dorés et d'un lion fatigué que rien ne paraît plus étonner. Ce soir, des artistes venus tout droit du Kamchatka ou de la Nièvre feront oublier la nudité du décor, illuminé de sourires sous l'éclat de la lune.

Cirque Fanni, 1951.

Cirque, 1951.

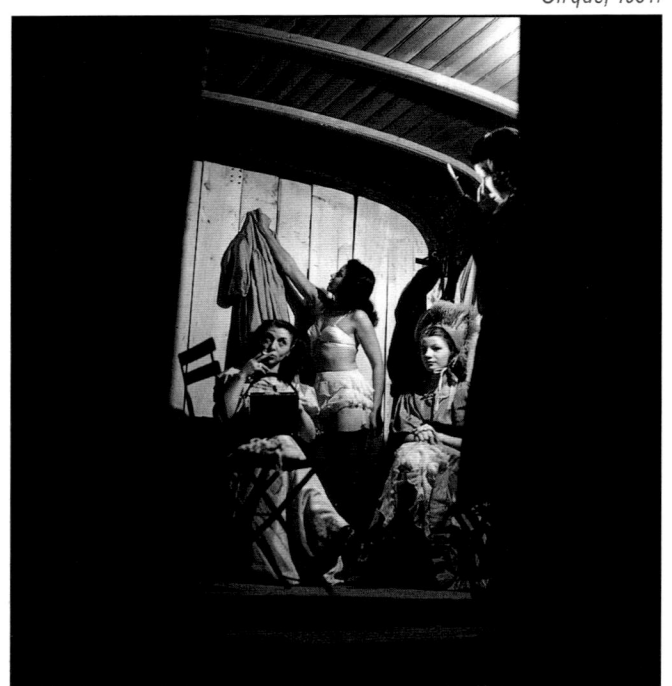

« Avant les vrais cirques, j'ai connu les cirques forains, le Cirque Fanni, à la porte d'Italie. C'était le premier spectacle de ce genre que j'aie pu voir. Mademoiselle Fanni, bien que je sois très jeune, me faisait beaucoup d'effet. Elle se mettait debout sur un cheval, elle courait à côté, sautait en selle, se remettait debout... Je me souviens de ses avantages d'en dessous. C'était extraordinaire ! »

Cirque Fanni, 1951.

Gymnase Enagg, 1946.

Invariablement, le soir, il fallait aller se coucher, bien avant que le spectacle commence. « On verra quand tu seras à la grande école... »
Heureusement, il y a toujours le dimanche des coulisses pas trop jalousement gardées, un studio de danse ou un gymnase voisin, où s'entraînent les artistes de cirque : trapézistes, antipodistes, jongleurs... Ça sent le cuir, la sueur et le camphre. Secrètement, on espère qu'ils vont rater, peut-être même tomber, mais on applaudit quand ça réussit.
Alors seulement, ils sourient.

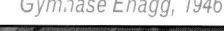

Ci-contre : Gymnase Constant, 1946.

Au piano, la dame au chapeau à plume met librement en musique l'entraî-
nement des gymnastes. Comme une pianiste de cinéma muet, elle souligne d'un fortissimo
une pirouette, un porté, laisse ses doigts courir mécaniquement sur le clavier et, témoin
silencieux de leurs exploits, se laisse captiver… Ce soir, demain, elle retournera donner
un cours au Conservatoire à des mioches sans talent. Les jongleurs, les antipodistes et
les trapézistes seront partis ailleurs, dans un autre quartier ou une autre ville, emportés
par la foule et sa « folle farandole »…

Page 88 : Choisy-le-Roi, 1946.

CV : Si une rue de Paris devait un jour porter votre nom, laquelle choisiriez-vous ?

RD : La rue de la chaussée d'Antin. Une rue féminine, pleine de jeunes filles qui sortent des Galeries Lafayette, qui courent devant les vitrines acheter des petites culottes... Et c'est la rue où des bistrots vendent des sandwichs avec les tranches de jambon les plus fines du monde. Ça ne pèse rien... C'est une rue merveilleuse, mais si ça ne vous fait rien, on va encore attendre un moment !